Colecção Literatura de Macau

·诗 歌·

几多风景换来一句诗

关晓泉 / 著

作家出版社

澳门文学丛书

编委名单

总　序

　　值此"澳门文学丛书"出版之际，我不由想起1997年3月至2013年4月之间，对澳门的几次造访。在这几次访问中，从街边散步到社团座谈，从文化广场到大学讲堂，我遇见的文学创作者和爱好者越来越多，我置身于其中的文学气氛越来越浓，我被问及的各种各样的问题，也越来越集中于澳门文学的建设上来。这让我强烈地感觉到：澳门文学正在走向自觉，一个澳门人自己的文学时代即将到来。

　　事实确乎如此。包括诗歌、小说、散文、评论在内的"澳门文学丛书"，经过广泛征集、精心筛选，已颇具规模。这一批数量可观的文本，是文学对当代澳门的真情观照，是老中青三代写作人奋力开拓并自我证明的丰硕成果。由此，我们欣喜地发现，一块与澳门人语言、生命和精神紧密结合的文学高地，正一步一步地隆起。

　　在澳门，有一群为数不少的写作人，他们不慕荣利，不怕寂寞，在沉重的工作和生活的双重压力下，心甘情愿地挤出时间来，从事文学书写。这种纯业余的写作方式，完全是出于一种兴趣，一种热爱，一种诗意追求的精神需要。惟其如此，他们的笔触是自由的，体现着一种充分的主体性；他们的喜怒哀乐，他们对于社会人生和自身命运的思考，也是恳切的，流淌着一种发自肺腑的真诚。澳门众多的写作人，就这样从语言与生活的密切关联里，坚守着文学，坚持文学书写，使文学的重要性在心灵深处保持不变，使澳门文学的亮丽风景得以形成，从而表现了澳门人的自尊和自爱，真是弥足珍贵。这情形呼应着一个令人振奋的现实：在物欲喧嚣、拜金主义盛行的当下，在视听信息量极大的网络、多媒体面前，学问、智慧、理念、心胸、情操与文学的全部内涵，并没有被取代，即便是在博彩业特别兴旺发达的澳门小城。

文学是一个民族的精神花朵，一个民族的精神史；文学是一个民族的品位和素质，一个民族的乃至影响世界的智慧和胸襟。我们写作人要敢于看不起那些空心化、浅薄化、碎片化、一味搞笑、肆意恶搞、咋咋呼呼迎合起哄的所谓"作品"。在我们的心目中，应该有屈原、司马迁、陶渊明、李白、杜甫、王维、苏轼、辛弃疾、陆游、关汉卿、王实甫、汤显祖、曹雪芹、蒲松龄；应该有莎士比亚、歌德、雨果、巴尔扎克、普希金、托尔斯泰、陀思妥耶夫斯基、罗曼·罗兰、马尔克斯、艾略特、卡夫卡、乔伊斯、福克纳……他们才是我们写作人努力学习，并奋力追赶和超越的标杆。澳门文学成长的过程中，正不断地透露出这种勇气和追求，这让我对她的健康发展，充满了美好的期待。

毋庸讳言，澳门文学或许还存在着这样那样的不足，甚至或许还显得有些稚嫩，但正如鲁迅所说，幼稚并不可怕，不腐败就好。澳门的朋友——尤其年轻的朋友要沉得住气，静下心来，默默耕耘，日将月就，在持续的辛劳付出中，去实现走向世界的过程。从"澳门文学丛书"看，澳门文学生态状况优良，写作群体年龄层次均衡，各种文学样式齐头并进，各种风格流派不囿于一，传统性、开放性、本土性、杂糅性，将古今、中西、雅俗兼容并蓄，呈现出一种丰富多彩而又色彩各异的"鸡尾酒"式的文学景象，这在中华民族文学画卷中颇具代表性，是有特色、有生命力、可持续发展的文学。

这套作家出版社版的文学丛书，体现着一种对澳门文学的尊重、珍视和爱护，必将极大地鼓舞和推动澳门文学的发展。就小城而言，这是她回归祖国之后，文学收获的第一次较全面的总结和较集中的展示；从全国来看，这又是一个观赏的橱窗，内地写作人和读者可由此了解、认识澳门文学，澳门写作人也可以在更广远的时空里，听取物议，汲取营养，提高自信力和创造力。真应该感谢"澳门文学丛书"的策划者、编辑者和出版者，他们为澳门文学乃至中国文学建设，做了一件十分有意义的事。

是为序。

2014.6.6

目 录
CONTENTS

第一章　我们在低位买入看涨的梦

第二章　不安本分的镜头

第三章　岁月是海岸的偷渡客

第一章　我们在低位买入看涨的梦

几多数码货币换来一句诗

一、数字是科技的延伸

电路，集成了思路

记忆里你的笑面粉红

一串串喝醉的电容

重灌历史记忆相片与不真实的爱情

在梦里流芳百世

亦在现实中寂寂无闻

是庄是闲是和

赚的也是土地

我那孤独的心情

绝望里求偶

二、适度多元的产业

经济循环时

心境也在循环

你说花开了便美好

于是耐心地等待

疫情后的谷底反弹

生生不息

如大奇迹日

信念穿透一切

我　要相信市场

就　要相信理论

不单相信制度

信念无处不在

三、财富

0011001101010101001011100100100100100100101110100100 1

0100110001001100011001110010110101100110011010101010010

1110010010010010010111010010010100110001001100011001110

0101101011001100110101010101001011100100100100100101111 01

0010010100110001001100011001110010110101100110011010101

0100101110010010010010010111010010010100110001001100010

1001110010110101100110011010101010100101110010010010101 01

10010010100　这是我人生所有的积蓄　1010101010100010101

0010111001000001001011010001110010110101100110011010101010

1001011100100100100100101110100100101001100010011000 11

001110010110101100110011010101010010111001001001001 001

0111010010010100110001001100011001110010110101100110011

0101010100101110010010010010010111010010010100110001 00

110001100111001011010111001010101010010101010100101101 1

0110100101010010110110010101010101010101010010

四、廉价劳工 vs 高薪奴隶

你那条区块链真美丽

闪耀出矿工的汗水

数据长大了

我们开始流着同样的血液

石屎森林里

传来低头族无声的反抗

五、等价交换

亲，请扫二维码

数码化的时代

很渴望诗

是生命的灵魂

是岁月的歌

是救赎的文字

是平静的禅声

再多的财富

再多的砖头

再多的金融

再多的资产

亦不如在 5G 网络中觅到我们专属的诗句

尽管骗去吧

梦回在大牛市

手中的一块劳力士

代表永恒

亲，请扫二维码

六、诗

"抱歉，没找到相关宝贝。"

成长总得要经历一两次金融风暴

风吹来了疯狂

潮涌来了绝望

大得不能倒的心脏

终究堆满被海水淹泡过的杂物

咻咻声音

叫唤时光的推土车

眼泪便留在动人的投资场景

你说这世代嘛

要有多疯便有多疯？

他们让土壤分割成无数的白纸

粘贴世界拼图

彩色的黑白的低像素的

什么的选票的只是一张什么的

天九牌扑克牌花糊番摊和执地摊

统统交给命运投注

而我们在网外电视外几千里外

瞠着眼睛

和几包万里望相拥

爱情嘛经济嘛风暴嘛

赌输了

一地碎片

假如这梦境不再醉倒

假如这梦境不再醒来

假如这梦境不再吹来

买定离手

我们在低位买入看涨的梦

小水滴跌进梦境

竟溅起熟悉的身影

映着那南湾湖畔

伴唱天使梦醒的午后

与不夜爱情

这是生活的低压槽

我们高速走过交通灯

等待同一个讯号

却走不同的路途

同时碎碎地念

那永远不老的故事

你在故事中点算落叶数量

因为寒流，所以凋零

一片一月

一片一时

一片一分

上升着跳动着

坏心情的市盈率

牛熊恋曲

云睡了

你醒来便是一道风景

疯狂的牛市熊市

阳光雨点彩虹晚霞

让余生点缀色彩

你收藏着

我依偎着

他观看着

着迷

交易折线图

隐藏着曲线名字

为爱情的投资

今天跌了一元

活在经济循环的世代

明明小城跟着经济理论而走，却无端成为另一套新经济理论的论据

一、萧条期

生活

就像选择静音的手机铃声

除了一丝多余振动

便是拍不出好光景的镜头

我捕捉到雨后的青云

却遗失前方的虹桥

死寂过后

再没有人为楼宇破碎的砖头

落下沉重的眼泪

那负重的身躯

早登上金融中心

了结冰冷的岁月

避开炭炉的勾引

不过巍立在残缺床边

台风过后

将爱情，将生命

都放在

看不见的手

二、成长期

以高速成长的春天哺育在赌场的两旁

如海绵般

将钱财吸在肥硕的肚皮

任你竭力呼喊

仍不及黑商／黑箱的抗衡力

我们的财富被厚厚地锁在

几个人的保管箱内

当经济发展

便是烧衣的季节

桂冠被篡改

大楼却依旧建设

而所谓次贷危机的导火线

在此点燃

等待爆炸出

如啤酒泡的 GDP

只得到市场购买窗帘

好代替消失在时代的倡廉

三、高峰期

世界是平的

世界是红的

世界是简单的

世界是我们的

世界的中心是我们那小小的渔村

和那大大的度假村

当一切如梦呓般

发生在变迁的瞬间

没有米老鼠的乐园

那里能拾起白纸似的童年？

不打紧

在无聊的日子里

我们还有角子老虎机

四、衰退期

别说什么衰退不衰退

敢跟你打赌

这个荷城将会千秋万代

延续博彩神话

我们的生命是一颗没生命的泥码

任凭处置仍换不到任何价钱

只能不断投注

以生命投注

赌明天的派彩

本金消逝在财务报表内

你的情人

被边缘在恐怖主义的范畴

不夜城的霓虹灯

美化着那凌乱的胡子

笛声渐灭

骷髅站起来

静待岁月的循环

当冬天再临

没有穿着保护衣的民众

仍旧冻死在漫漫长街

到那一天，又见萧条

买楼是一首难以完成的断章

一、工作

花费两亲留下的体能

燃亮着生命

站在长无尽头的路中

伸出两手抓游

面对茫茫不死的目光

低首

生命和经验混成母乳

才换来几顿比人命便宜的午饭

将数字按程序打印在书中

看着加减

留下一个幻影

如石桩打在土壤

深

无法见底

二、楼价

我们快乐得翱翔天际

却无法飞越银河

高楼是梦想幻想妄想奢想无法再想

混沌宇宙

正好写下串串天文数字

将欧债写进曲谱

以为是终点的声音

气泡不曾破

撕开的只是寸寸无知的思维

你我的恋情

早浸泡成

龟裂的混凝土

三、首期

一伙疯子在精神病院相遇

扣锁对方的咽喉

在窒息前瞬间

蝴蝶破蛹而出

展开着彩图风光

拾荒人将它死后的翅膀收集

编织成诗

朗朗上口

然后诗人用泪和沙哑声线唤出

这辛辣的语句

刹那·售

弹指·楼

须臾·书

四、按揭

世间充满喜羊羊和灰太狼

我脱去上衣

伴随她的舞步

跳过一顿合约关系

请忘记利率年期成数罚息

爱情就只余下几片被押注的砖头

世相没止境

苦撑着供款比率

却独欠一个担保人

利息酿成酱油

轻轻的点缀

生吞那坦荡的血肉

五、置业后的梦

想购买几套豪华墓地

却晚了十个春秋

轻叹那无法竣工的海湾

驾驶挖土机向群山高速奔去

失去焦点

只能关顾那大大小小的灯谜

我用楼契卷成婚戒

双膝跪下：

"亲爱的，

如果你是 QE3 我是自由行我们是别人高挂的梦想高挂的

印花税印出了高贵的富翁"

那一天，一片外墙如头屑般坠下

我的财富我的蜗居我的负债我的生命

同被审判成危楼

忽然死了

在轮回的月儿里

莲花、地、梦

躺于

没有墙的世界

紧缩政策下的自然人

（一）风光不再

别难过

这丝丝雨点

滴出我们落魄的故事

洪水淹不过猛兽

只可以用滴答滴答声

组织成降 B 大调大提琴协奏曲第二小段

岁月曾经风光明媚

但却像个没完没了的行为艺术

坐上未来世界的轻轨

驶到这末日都市

你说你仍旧怀着信心

这是远古时代留下的流金

而金价

偏跌出五十天牛熊分界线

永远寻不到

爱情的支持位

（二）信用违约

我们的薪金依旧收入依旧身家依旧财产依旧思维依旧

依旧默然

依旧无知

积累的友谊早断送在发展不同的步伐中

你要从道义上将我俩仅余的积蓄埋入南越古墓

让世人挖出这历史尘土

而我却在最光辉的时间里

选择失明

谁叫这是张没有信用限额的信用卡？

不断消费

不断透支着土地资源

然后风化出

政治的呆坏账

（三）紧缩政策

Dear My Friend，

我倾慕过的

我牵挂过的

请乖乖坐在演艺厅

侧耳倾听用财务报表编织而成的曲目

别怕这道长长长长的休止符

因为生果依然成金

仍然分享

请习惯没有医院没有学校没有的士的歌词

就如鱼脱了水一样

拖着延绵的应收账款

加着加着

这是主教山下的灵魂

无声地拍掌

站高眺望金光大道的两旁

你独自加薪

却还我一杯咸咸的火星液态水

跪求加插回放环节

可笑的是

生命　没安歌

（四）生存之道

猛虎无情吞食梦想

正如潜意识漂泊在浩瀚的宇宙中

是默默轻添怨咒

践踏这薄冰上的枯叶

于是，持续投资

豪赌明天揭盅的彩池

租值如水银般倾泻

我举起雨伞

避过阳光躲过风雨

却被沾上不实孩子的姓名

在月历光辉的日子里

却独站着

如孤寂似的黄

最后

张开双手

放下尊严

拥抱陌生的世界

（五）谁叫我们只是自然人？

这夜越来越长

黑暗得几乎让影子窒息

想逃离这充满霓虹灯的荒岛

却忘掉挂失仅余下良知的存折

诗人是雨中收伞的银行家

为这城市贷出不具价值的文字

毛笔蘸上血液

写下无情借据

如果在某年某月某日某时某分某刻某点

依旧拖欠

请别怪开开心心① 两个不同身份的熊猫在午夜剧场里刺杀

谁叫蛛网关系中

早成为迷失在棋盘上的弃卒

我们仅仅能作为自然人

在这世道里

只有财富的开关

不曾有过法人和法的存在

---

① 2009 年 12 月，为庆贺澳门特别行政区成立十周年，应澳门特区政府的请求，中央政府决定向澳门特区政府赠送一对大熊猫，名为"开开""心心"，但 2014 年 6 月 22 日"心心"因病去世。为此在同年末，在澳门回归祖国 15 周年之际，中央政府将再赠澳门一对大熊猫，新赠送的大熊猫亦沿用"开开""心心"的名字。第一代"开开"于 2015 年 11 月 29 日离开澳门返回成都。

世纪废青到 CEO 进化论

一九九九，废青

从远古时代都没有的词汇

无猎物也无生态

长辈们爱轰下一句无情话

总以为科网股泡沫与开启不知名的日本小电影网站有关

千年虫结蛹

市场破了壳

死仔你好快啲搵工唔好大食懒唔好再量地①

我们在空调里流汗

那 56k 的网速反映基建的成长

从黑科技到白宫红太阳到绿色和平

色彩与工作不相干

所以处于双失

死仔你好快啲搵工唔好大食懒唔好再量地

绕梁三日的嘻哈唱出父母心声

求职版始终被肢解

A1 还是赌场利益火拚

高呼，高呼救命

死仔你好快啲搵工唔好大食懒唔好再量地

---

① 粤语，意思为：死孩子你好快去找工作，不要再这么懒惰了。

够了够吧够多重复的喋喋不休变成诗句

你说哪有诗歌这样跳脱凌乱？

答你只有废青双失不用功没书读才懂朗诵

心之一方崩缺

成就未来的交响乐

二〇〇四，办公室助理

伶仃洋上淘出的金沙

闪烁着耀目的就业职位

小伙子经过多年失所

终于存活在新生态

日照时间持续增加

婴儿夹着成长的尾巴

为咪表上那停泊的房车投币

那一天腾讯上市

我们便清空呆坏资产

等待为人生重启一次 IPO

对不起

你只是小小的文员

无力改变这钢铸定律

不能充满激情

爱情也论资排辈

上班下班吃喝睡觉发梦

梦醒后一概如昔

二〇〇八，主任

呼一声的海啸啊

冲向我们世界

仿佛听到他们在高唱我那前途

竞争者的离去

同行者的殒落

剩下一颗星星孤独发亮

生活从头入世

入了天际

充斥人际

这年为奥运而学习官话

竟变成未来的音频

管理学的高峰是不管理

所以书内也有你倩影

好比人才和租赁市场同时失陷

别天真以为体力有所报酬

时机能创作天地

雷曼破产

呼一声的海啸啊

冲向我们世界

二〇一三，经理

走向岁月高峰

口袋也跟着探戈

生命的跳动

活得比大草原更弱肉强食的荒野

背叛被背叛出卖被出卖

流行曲演奏着流言蜚语

眼泪寂寞地居于这茶水间

清蒸炆煮工蜂

蜜糖在口中徘徊

旁人早有受伤

挥刀吧

为生存而收集的血

温柔地举杯

Cheers

二〇一五，总经理

当信念沦为宠物

吼声早已消逝

你的脸从此雕作

萧条下的图章

良心破新低

一千点里窄幅上落

二〇一八，CEO

所有的迷途落入未知的国度

用信息炸爆少年的单纯

我再不老态龙钟

诗文化生活文化都被台风吹毁

对手淹没了

招股书啊终究印下我的名字

请用微信支付所欠的爱情

又附注多少个墓志铭？

死仔你好快啲揾工唔好大食懒唔好再量地

声音锈蚀成古迹

我飘往未来翻看多年前的自拍照

像素更小的时候

性格却更清晰

炽热的时代

口含历史冰淇淋

一口吃不来

却在土地上融化

曾经相信的正义感

如今毁灭的正义感

CEO 逃出棋局

只是白了头胖了体负了债戴了名表的

一枚废青

而废青将纯白色的梦折成纸船

扬帆出海

无情地遇见一群海盗

我是海盗

我也是风灾后的 CEO

我努力变回废青

爱情利率

即使手执计算器

仍习惯地用手指与键盘奏出一曲

文字恋情

然后，那音符长出双翼

飞往金融大楼顶层

渐渐朗读成，爱你的诗句

时间就种在白杨树的两旁

你拉丁舞影随爱情而生

我密封在新马路幻想着腼腆的笑容

衬配旗袍

淡淡地化成一道长虹

寒冷的情人新春

你我依然在河的两岸对望

计算着，付本不付息的爱情

火热年代

这是个红得烫手的年代

几颗星星光芒将萤火掩盖

你向岁月折下竹枝

写上寂静的曲目

如果，如果

生活的尽头是土壤

我们那故事是埋在底下的叫花鸡

还有煨焦的地瓜

无须细意品尝

也足教人放出腥臭的屁话

触摸这张面容

渐渐退化成龟裂的地图

一群飞蛾留恋着遍地的烛光

她们的翅膀燃烧出啪啪声浪

您说长夜没有黑暗

我却在白昼中发着长长的黑夜长梦

投资的意义

投资这事情，往往发生在黑夜……

（一）股票

漫长的

升升跌跌的旅程中

你的星球　我的心脏

无故缄默

稀薄的血和指数

挑逗着不死夜城的豆芽梦

人生本来不便也不辨忠奸

反正在寂寞的街道／残酷的人道里

金钱等如公义

文化和诗

就得用汗水和铜臭来铸造

而所谓的新闻价值

只区隔在杂志编辑们瞒骗技巧上的

高低

阿基米德与凯恩斯总猜想不到

杠杆原理的应用在经济学里

比物理学还要广泛

一场灾祸

他匆匆的死亡

又或许引起您

会心的微笑

（二）外汇

坐着手提电脑到北欧看神话

侧耳黛安娜下午歌声

昨夜的百老汇

如一束风

还是不断地吹

膜拜高价石油

成本，如绝望的黑洞

是不可回头的涉足

依稀怀念电视新闻的旋律

喝杯石绿

浅嚼链球菌

参加反小泉大游行

难及六个数字

和足球博彩的结果

我们穷一生在外汇中追逐

时代终结

文明是肥皂剧的导演

让鳗鱼蒙冤

手中的猪排包

冷僵了，犹似爱情

（三）基金

轻唱着小 G 基调的黄金

走进大众的口袋里

变成帛金

股民的倒影

孤单地映照在落日中

（四）直接投资

每当音乐店播起拉丁爵士

便一同围到望厦山边的木屋群中

向教堂祈祷

每当娱乐场推广西式自助餐

便独自抚摸急冻蟹爪

向坟地迈步

让三巴仔照下张胶卷

却残留在数码相机的记忆卡中

用软件洗涤小城的污垢

霓虹灯是光害的根源

星星遗失于你我抬头

荷花的姓氏，是莲溪的主人

我不断地旅行

我不断地游

奢望走出荷城的框架

你于飞弹上醒来

在富丽堂皇的板樟堂

无尽的鹅卵石里做足疗

并迷失了路

（五）投资的意义

插起香烛

向市场叩首

酹杯酒

经济版比一切书籍畅销

而成功的投资

便得干这一杯

庆贺纤体与按摩器广告

组织身躯与社会的各部分

古城终究要活埋火山下

我们变成夏蝉

赌上短暂的生命

在黑夜森林里

自残般嘶鸣

你是博物馆里的光

锁在厚厚的账户

你名字叫历史

无形的躯干

抓开一朵美丽的花

花香如名贵的古龙水

沾染彼此眼眸

镜头背后

详尽升华的情感

堆砌这座高峰

影子拥抱这城

影子伸长了

她也在长廊里巡逻

你和我玩起躲猫猫来

一片土壤一片砖瓦

金鱼缸的盘景

连爱情也变成枯叶

谁又是时空的导赏员？

电梯封锁着

花尽力气攀登

文字贬了值

从何时我们的故事跌穿招股价

我们便从何时写独有的诗

诗又欠个公允价值

1999 两一次

1999 两第二次

1999 两第三次

无限的梦与想与识与意识与无意识

成交

那一天

我依然想你

你依然是带我们走入时光的导游

你依然是我们的星星

你依然是……

书的疑惑

字典

我揭开字典

找寻出的久违笑容

是那年那月那日那时那分那刻

爱的部首

你让拼音失效

卷动着萨克斯的空气

城市充满节拍

独欠个性化语言

呼喊世界

抱憾地

文字解说只是没有懒音的电视新闻

丑恶的人生

伴随着性感的爱情

（我不想跳舞）

而薄薄纱绢

被浓厚的血字包裹

连相片也在阴暗的环境下

长出了胡子

但乏力的两手

仍承载不了负重的历史

宁可选择老死

我们被欺骗了

揭开字典

聋哑老师内

早已没有博彩这组字词

小说

井底下的世界

免不了是气氛朦胧的一出肥皂剧

角色是旧面孔

维持着无分日夜的生活

我们且将彩虹当作场景

最美的一刻

留在今天

却只能担当跑龙套

摄影师主控着镜头

升平的画面

压隐着过度曝光的底片

由传媒自行剪接

欧陆色彩与小镇风情

在葡萄牙的 Fado 音乐下

导演仍然依照发行商的意愿

拍出悲情结局

童话

梅雨天开始

拥有属于自己的故事

失重的躯壳

飘浮在太空之中

凝视着你抖动的双肩

裸露在寒风叫嚣的世代

原来翅膀没有羽毛

都可以翱翔

但那丑恶的真相

早便如乌云般

遮盖着

光线的来源

诗集

音乐需要诗句

摄影需要诗句

成长需要诗句

爱情需要诗句

活着也需要诗句

诗句是生命里的涟漪

唯独是

小城根本没有诗句

经济杂志

一周一次的文字

记载不同数目的兴奋心情

也录下沮丧容颜

那年开始

经济渐变为黄色小品

你旋风似的嘴唇

强吻上市公司薄弱的臂弯

说谎者与拾荒者同样执着于一块钱的质感

霸占全球资金

将泪水

留给流过汗水的人

生命有尽头

已等不到

将濠镜写在封面的一期

仅记着

在赌场内

切忌爱上

亦不应爱上

书的名字

爱在本澳最南方

风，与爱情

聚集在南太平洋的角落

听着狂吼的涛声

白头浪为你冲洗岁月年华

我在石头上寻找树影

却浮雕出凄楚的猿面

多少年来，我孤寂地守候

守候对岸飘来上世纪的爱意

你的身躯

却仍颤抖地发出枪声哭声

逃不出那里

一片苦海

或许与你更适合相遇在长夜

月亮带来蓝光藻

红潮变了唯一的银河

求求灯塔引渡回忆航线

摩天大楼偏偏挡断爱你的轨迹

爱最南的南

再无延伸的心路

高呼你的名字

回音传来久已流失的黑胶唱片

龙爪角没有龙爪

正如你已不是过去的你

只剩下浪涛与风

险

游客

你不断浅笑

这个多情的夏天

一堆堆爱人

横过关闸后总抛起媚眼

裸露着柔软且升值的权利

权利为繁华写上意义

花露水是繁华的代名词

所以我将手推车驶到板樟堂的路上

寻找冰淇淋、爱情、理性

和修身文化的水迹

过了六十七个月

皮鞋已被石仔磨得残障

但我们始终跟随自由行的步伐

继续烘烤着猪排包和葡挞

炽热的标记

燃烧着遗产，结果

一所所大屋都飘来烧焦气味

方寸般的游客区

使小城拥有独特的购书乐

每位身披黑白战袍的兵士

都在堡垒，把外敌杀得大败

遗失的青春告诉我

在历史里

你会给小城留下个跟书香一般动听的名字

自由的输乡……

你们、我们、他们

一、你们

光线钙化了思念的石桥

于是你们正好在低息周期下

贷点爱情

二、我们

乡愁总是处处

谁叫我们这种情感是变形虫

单细胞分裂繁殖

三、他们

他们流连在癫痫租约的街铺

滚动着一段财经之路

而你偏当旁观者

恋这无人的岛

社会

彼此苦候同一个讯号

却走各自的路途

哈巴

太夜了

我扮作一头狗

悄悄地逃进

生活中的隙缝

填满网络

伸出双爪

抚平岁月的皱纹

嗅到要闻版上的血腥

轻舔风月版的情欲

舌头却沾湿无良油墨

童真染上剧毒

一幕幕高考谎言

一句句名人传记

不外是

从东方西方南方北方随意选拔出来的

几只恶犬，恰似同类

依旧在政治堆中打转

向售货员胡乱冲跑

跃过书架 / 书假 / 输架 / 输假

高举右腿

然后……

因为我的反叛

他们用钱包困住

并以极不人道方法来人道毁灭

我这头

爱国爱澳爱家爱女人爱思考

唯独不爱赌博的哈巴狗

眼睛和口水都被出卖

四肢依旧迷惑

这枚书店以最高尚方式

刺杀了

狗的年代

逃不过的命运

我依旧翻起淡黄的餐牌

而且叫着同样的咖啡

风扇继续向纬度转

原来侯赛因已经身亡

政治是奶，经济是糖

而一个年代

是拥有太多太多糖的奶茶

而性和感情

等如用烤面包机做奶油包

唇白

我尝试找寻消失于宿舍的你

我依然怀念，和同情

花在你面前变成剑兰和菊

那正好配上我的普洱

我紧闭牙齿待风进入

你折损了脚趾替命运挽鞋

颜色

消逝的情节

我习惯涂鸦

雨点飘来这甲醛

久久散不去你独特的味蕾

是深情

也是破落街头上一张

染黑了的红心 A

当当当当

赢得个梦

却赌输明天

白色纸船

穿过外港两道天虹

犹胜堆起砖块的彩池

光线是生活的虫洞

银码被吞食

铅华被冲刷

你在梳妆台上打扮

染上迷醉的粉红

情节重复消逝

你那瞳孔

从此也掉了色

第二章 不安本分的镜头

不安本分的镜头

充满层次感的恋爱

我们散步在远远的湾区

听那海潮风蚀声音

渡每一个黄昏

黄昏醉人了

而梦才刚好完成历史任务

那时候，世界充满蓝色的

而你也喜欢蓝色

忧郁的心情从来都是低色温

秋天泻下夕阳

连树叶也随风跳舞

远处传来干燥的泪水

二分音符之后是休止符

无尽的寂静

浪花淘尽

原来冬天没有来过

也等不到他的结束

凭着爱的逆光

证明斜阳

包容着你的温柔

归家很遥远

宇宙便变得短距离

挥手作别孤寂的情感

而所谓的诗意

有时不需要文字

仅在乎我们还剩下多少个

不安本分的镜头

折了翅膀的灰蝶

我赤裸裸地躺着

用柔弱的骨节背靠着

这个悲哀的城市

每个男人、女生、小狗

在街头流血、拥吻、流泪

也许吧！公园的花朵更需要

美式民主

时代变迁了

那个用绳头用马鞍用牛仔裤和导弹的枭雄

和那个鬼话连篇神社的迷信者

都不及一个已溜走寂寞夜晚

的网络灵魂

经济版在黑色道路飘游

拾荒婆婆收起两份，明天免费赠予

那些学者、庄荷、师奶

让他们继续向股价机五体投地

这个时代肉弹和地产太过盛行

再也没有人将报纸当成衣纸

灰蝶折断了翅膀

我们变成只灯蛾

继续在这座城市里

寻找自残的光芒

WeChat

我的句子依然寂寞

只因缺了你的回应

口罩

陌生人亲密了

世间便静默如无声剧

何时能摘下呢

何时便表白吧

而爱情也有彼此一米的距离

不可不认识

亦不可聚集

你说我喜欢长发

而我更偏爱这丝雪白

保护衣包裹你的身躯

你的身躯保护着我们的心

月儿的笑脸

那个悲情的晚夜

遗失了几片动人 CD

为着跟你恋爱

我点亮一只熊猫灯笼

走着走着⋯⋯

无尽的海边长廊

传来魅影似的歌声

那软软手指

指向没有影子的月亮

月亮一步、一步跑向地球

他忘记回忆

走在你的笑脸上

直进心扉

凸透镜

花非花，蝶非蝶

你的声音振动翅膀

爱情从此放大

许多年后

你不再是你

蝶变回了蝶

现实如波浪推散

留下花的记忆

习非成是

守候着你的天虹

暴雨走过无风季节

湿润惊惶的两唇

将信念挂在眼神中那点泪汪

却乏力将爱延续

回忆被锁在长长的太阳伞

把心声化作种子般向外投掷

让小鸟啄走

将爱情化身点滴

长空盘旋

风雨仍然持续

煲酿西湾桥走过的甜汤

疯狂的人瑟缩在墙边一角

一段亦酸亦苦记忆

在心底也甜蜜过

我与你逃到象牙塔的顶层

手执手去温暖被雨水冷却的笑容

影像突然变成黑白

你不合逻辑地梦呓

无故地在笑语中惊醒

阳光在雨中失踪了

我依旧在黑暗等待失踪的阳光

还有得奖电影中

出现的那道亮丽天虹

那谁的故事

总要在难分阴晴的夜晚

跨过岁月噩梦

无力的双手

将恨，搬动到椅旁

请忘记风霜的遗体

然后……

掷出骰子

选取云雀似的未来

我强忍泪水

操作命运遥控器

浓浓的茶杯

没有盛载血色的印泥

呼唤着笑容

与点心

只愿为你带来半丝清甜

我该明白

你的行囊里

背负着太多太多的涩怨

但在这刻

你仍然踏出坚强的步伐

那脚下的黄叶

不过是你所弃掉的几段章回小说

渐凉的微风

带来秋黄气味

吹落爱情的信仰

站在二十号车站前方

等待一班又一班的列车

载到无忧草原

该忘记往年票站所盖的图腾

你是多么地柔弱

同时，又是多么地坚强

被盐湖湿润过的心灵

竟赋予

无尽的生命力

无知小草

因你的笑容而茁壮

也因你的泪水而成长

勇气的来源

闪亮的时刻

我恋成影子

在两条垂直线上走着

缘道有你

记忆的轨道

等待太长的铁轨

送来写下祝福的蒸汽

也好证明爱虽雾霾

却没终点

迷醉的红包袋

曾经过年的回忆

有更多的金色

金表金笔金手链

闪得眼睛迷糊

偏偏遇着一场疫情

改写了通胜

在静止如水的淹泡下

我们所渴望的

全变为红色

你腼腆的笑容戴上口罩

如初春梅酒

夹着爆竹的硝烟

无论味蕾还是嗅觉

复杂得像瓜子

咬破壳子，吞下语句

吐出一个没有钞票的红包袋

等待你装进祝福

云

从三月开始

我的手已被冷却在

堆满雪霜的心房

黎明抖动

宁愿做干涸的水点

蒸发身躯

然后依偎在微尘边

随风

飞过万万里

化作片片小段

炽热的火

请助我捐上短暂生命

落下死亡之泪

待不到黄昏

终于没有变成晚霞

甘心成云

用整个魂魄

为你遮挡过度强烈的日光

圆

舞曲牵引着

我和月亮

月亮和你

一起到微风中漫步

湖边藏着闪动的木星

反照出泛黄灯火

流着泪的长椅

静默地道破心语

我把两手摩擦出温度

企图融化冰凉手霜

恋爱

缘木而求

那夜，就在那夜

因秋而降的叶片

淡化日期

吃一口苹果

记下失落的名字

回忆就似鸦片烟

形态不明

因心酸而逃进烟馆

点亮回忆

燃烧，接着

抽

呼

爱的书店

一

天气告诉我

此刻定镜

透明地逐格拍出你的眼神

将香气停留瞳孔

为书丛吐出一口淡白的

情欲

然后遇了你

面前美女

只是镜子添上浓妆

婀娜的艺术周报

正因为穿着棉衣的裸露

我从口袋掏出三元二角一仙

然后不再回头

二

走近黑色的树

含着蓝色的咖啡

和灰色的雨

世界仿佛只有情色

手臂宽延至两米外你的双膊

伸直

彩虹永远弯曲

并且以一条牛仔裤代表

高贵的爱情

三

在巴士站等待命运

以候鸟的形态移徙向

美梦那方

坐着往海滩回程号列车

为一道甜美的睡容

垂涎

清楚明白的

只有喋喋不休的无线电与数码流动电话

和血管

为爱情流下的血

永远值得多添一杯

四

你我就在书店就在车上就在路边就在生活中

因此

为了生活，不停恋爱

为了恋爱，不停生活

然后……

爱过黄昏

流水浅笑叶的单纯

黄叶独自尖叫

用水中一串串石卵孵化成欲望

思

因而继续走

俯在树上

倾听风的高度，如股热带气旋

我和月的隔离渐少

影子，则巨大无比

站在最近太阳的视野范围

眺望床边的暧昧行为

叶没有脱去黄袜

流水赤裸裸拥抱着风

这微妙关系

驱了梦境

苦了爱情

你独自盘旋

我为爱情咆哮

诗雨

开心时写的诗

悲伤时写的诗

你在身边时写的诗

你离开时写的诗

挖路时写的诗

通车时写的诗

天雨路滑

将一切留白

交代如诗的梦

厮守

无声的黄昏

挂着鹊桥相会两端

爱情丝丝入扣

也彼此相望

潮汐

你依靠着石缝冲蚀的生命

淡然如潮汐远去

星星在此启航

却似雾中一段思索的距离

踏踏何处

原谅我

双手无力扛起咖啡杯中的温柔

也许一碗白粥

更能代表清澈的语言

风停止在身旁

轮胎痕迹溅于你衣角

开启远光灯

投射向

尽处的路

星星终于发声了

凄凄月夜

我举足前方

踏到何处

便在何处

等待绝望的爱情

第三章　岁月是海岸的偷渡客

文雀

漫漫的时空

文雀飞来

看着谁和谁逃进爱情所建的要塞

我大声呼唤

你失落的名字

手中的鲜花枯萎在季候风中

而终于

缺少了你的笑声

孤独地站在情感的四道砖头里

这文雀

蜕变成白色蝴蝶

飘到四年前地下密室

看着火炬消失在蜜糖祝福中

双手合十

等待成年世界洗礼

我随文雀而来

淡淡地用水滴点起记忆

模仿小孩的笔迹

以手指写出这故事

这蝌蚪形的爱情故事

你站在失去平衡的角度

失足在桌边

谁人又忘不掉这

摩托车向岁月前驶

未来却向过去倾斜

跌入峡缝

游戏似巧合地相逢于关前街

等待雕出你的容貌

错过了一次又一次的风光

而终于相遇了

时光却错乱在空间的交汇处

高唱失恋的歌曲

也许会明白你不安

最后亦放弃了这道曲目

教思念消失于你厚厚的背影

爱你的句子

散落的诗语

陪着我的表白

一同失眠

自此遗失了七百三十天的时光

思念

如弯曲两脚的牛仔裤

辐射状长出皱纹

文雀又一次飞来

攀到树上

带回爱情歌声

或许，这是虚构场景

但我仍甘心饱受暴风的吹袭

爱着你的童真

还爱着你的不童真

如果蔚蓝郁金香再次打开

将会栽种在我车的翅膀

这也是文雀的两翼

目送它带你飞去

消失前方

茫茫情海

文雀再次到来

梦里的蓝

我在装饰的梦里看你

美丽如复制抄袭的光景

受想行识

几十年过去了

天空仍然是这样的蓝

遥望

不再沉默的瘾君子

无时无刻不点燃情怀

谎称成唯一爱你的证据

而当世界只剩下黑白

发根扩张在和平的列车上

列车又能通向哪个故乡？

忘记从那里站起

便不懂得躺下的勇气

跳跃出心的形状

流着的血液绘画成童话

你穿的服装正好困在美丽的天空

看到了内心的镜子

奔跑停留踱步跳跃飞翔

呐喊与相拥

搁浅与羽毛

还有几段无声的木鱼

或许

蓝天已经是最后的团圆

太平洋的眼泪

谢谢天空的明月

害羞地绽放出星芒

寂寂地等待破晓

却偷望到如泪水的流星

我坐在流星上冥想

忽而掉进帕劳的海岸

水母湖中跳来两颗宝石

一颗叫希望

一颗叫泪水

她们躲在你清澈的瞳孔

皎洁如天空的明月

忘掉是月亮还是繁星或是流星的引领

就让污浊声音配上音乐

才引发悦耳的微笑

知道吗?

你是太平洋上的珍宝

容颜不锈不枯不竭不老

眼睫随世界浪游

泪水却没有帕劳

因此

灰白的情爱

脆弱的灯光

闪不过一道被霓虹灯照破的

哀曲

长夜与月亮同样寂寞

但床枕并不孤独

有辗转梦境和铃声

拼命找寻字里行间的证据

照片仍旧清晰

散发着浅浅景深

哪怕只是包括多媒体的骗案

而你终于离开了

我高歌，我高唱

爱你

刚好走音，破音，失音

一只失声的野猫

向天空叫春

然后无故地下着雨点

原来是时间的谬误

因此

我重复点燃

灰白的情爱

脆弱的灯光

镜破了，那裂痕中的倒影

倒影着心死的人

那人

正在微笑

在 M 城

我是一只寂寞的猫儿

从书中发现浪漫情史

有点爱燃烧

灼伤这座都市

当你沉醉在霓虹熄灭

银河满泻的时候

那跑道上

又是谁掠过无形的足迹？

我悄悄地

将初吻绣在你小小酒窝

看晶莹点缀

　　流星

　　黑夜

　　月亮

灰白的云

静默如潜意识停顿瞬间

爱情的风

和暖地吹来

恰似你留下的猫粮

让这 M 城

继续自恋

你是我天空的云

（一）

爱小城的春天，有轻若如笑靥的雨丝，温柔保护着薄薄的肌肤。

爱小城的秋天，有淡黄如记忆的落叶，默默地刻印爱情的日记。

爱小城的冬天，有七彩如节日的夜色，寒风中紧扣温暖的距离。

最爱小城的夏天，虽然讨厌香汗淋漓，但没有漫射的阳光，照出光与影，无尽蓝天，等候与白云的相遇。

（二）

天空洒落酸酸雨点

蒸发在无情混凝土上

我的爱情没有容器

艰难地用凸透镜去创造一道彩虹

鲜血红柚子橙和郁闷的黄

遇有绿蓝靛紫罗兰

色彩在这个夜盲人眼内

只变成世纪末的黑白电影

因为爱

电影才有了色彩

（三）

爱不应安静

但只能在无人空间里高呼爱你

离开了地球

该用哪一种语言去记载

水点凝聚美丽的云

配出白白如雪的颜彩

晚上霓虹灯将她变成 LED 闪亮

再美的彩云

仍不如高高地以纯白的身躯

在蓝天悬浮

心窗常常开启

浮出雪白的爱情

（四）

云形成以前

是江河，是海洋，还是人们挥发的汗水？

浪漫的故事是用冰冷液体

透过太阳热炽的爱情

沸腾出温暖轻烟

漆黑宇宙的处子

是躲在寂寞空虚深处的蓝天

星星照不亮

月儿不相衬

默默等待

阳光送出一朵云

（五）

如果缘分未了

那篇笔记将会继续无止境延续

甜甜的歌剧曲目

笑吟吟地将等待变得浪漫神圣

我站在高高的露台

露台中品尝神圣的等待

等待甜蜜爱情

爱情就只欠一片

一片配上蓝天的白云

没有讯息能度过这漫长的夏

如今启动这秋季

水与爱情成为稀缺的资源

散落一地

风干长长的距离

知道吗？

我多希望故事延续

待明年烟雨之时

结成果实

而季候风

却打落繁荣的霓虹招牌

这样我们便紧紧握手

迎接风暴潮

现实却总是血渍斑斑

电话失声

连铃声也呼喊

字幕破成碎片

消失了，不再修补的场景

中秋过后

从墓穴里挖出密封讯息

那时候爱你的诗句

早退化为凌乱的 emoji

久病成医

叛逆

忘记了

是否在去夕的冬季

身上的毛冷

因为你的消瘦而

反叛

端阳寒风

在右手擦过

剪下枚芝士蛋糕

非常渴望在七月的圣诞前

贴上 E-mail 并寄给你

夏天

本来就不该是暗恋的季节

出汗的爱情

仍旧是咸苦的

淡薄的印章

焊烙着早已褪色的关系

这天

我手抖震地

向键盘说出

摇滚乐似的未来

记忆像铁轨一样长

记忆像铁轨一样长

长长地碾过一段锈蚀的足迹

我孤独地站在站台

等待落下的流星

片刻浮凸陨落的石头

划破龙爪角末端

冰冷长夜

不曾放下手中的照片

而照片中的爱情

只锁在右下角的日期

我们看到屏幕呜咽

内存被淘汰

风中铃声

随你驾驶的车子而响亮

笑容仍停留于梦那方

如果触角变成一颗柔软的苹果

应该以清甜雪蜜伴碟

装盛美满人生

重组电脑

发现在回收站里岁月的痕迹

影像已灭

情感不减

记忆像铁轨一样长

末端是新起点

我俩站在站台

不再孤独

同坐

无尽时间的航班

迷雾

我的晚衣挂着小城霞雾

静静地向你倾倒

湿润的水汽，隐藏着语言

而街灯

却未足以照明

两旁的行人道

电视正播着的广告

是昨夜的招魂曲

我孤注一掷

掷向经济版

并深深剪裁出

落魄归途

两手沾上雾点

连剪刀也生锈了

而你，依然颤抖着

这刻钟，该低下头

踢起足印

拾回童年的断匙

这是我向往的气候

在雾里

爱情总散不开

散开的，也只是凄美的雾

清明

今天到杏花村的路途特别遥远

披上蓑衣

奔往朝阳里的河口

历史将泥土叠成一道堤坝

左望田　右望河　上面是长空

背面的风向西南方吹去

长径渗出芙蓉花香　野菊在堤上拼图画

白马也挂了两条羽毛

准备走出道银河

飘去宇宙的水田插上万千支玉钗

数股碧绿向无尽蔓延

用身体去创作人类的灵魂

在南方的燕子随着民谣

飞过家乡的特式雕楼

落入河里跟鱼儿相亲

露珠在面上凝聚

酽出来的烧酒跟心头同味

你们都归家了？

飞灰蝶也粘住长草　　啜蜜不起

工蜂还在童年

明年吧　　携着您的手

我再筑个等边六角形

越女剑

她沿大漠的伤痕走来

卷起风霜

手执一把浪子剑

指向浪漫黄花

这是套如舞蹈的轻功

然后你说

爱情和武功没有疆界

默默闭关

我用蓑衣遮拦霜雪

冷面迎着侵蚀后的寒铁

雁群仍未回来

便日落了

她是我藏在心房的眼泪

一点一滴

后发先至

挑战众生

谱出铿锵剑诀

挥动诗歌划破长空

天马奔向珠江口以西

于是携着盘川

为爱恋，日夜兼程

挥剑无声

梦绕魂牵的

依然是江湖中的小鱼

随意漂游，离不开

却离不开那淌染上雾霾色彩的清水

岁月是海岸的偷渡客

寂寞的小岛

戴住文化的爱慕

是乱石

是草

是你回忆中的我

爱恨在咸淡水交界

养肥了牡蛎

富人用来做窗户

权贵用来做劳力士的表壳

果了腹便好好安睡

岁月醒来

什么小氹大氹一粒米大洲过路环

小孩已不懂了

都长成赌客的红地毯

高楼亲吻山峰

天鸽吹歪树梢

你说这是海岸线是自然的风蚀

我失足跌落了梦

拼命游到岸上

你却把我当成时代的偷渡客

狠狠逮捕

诗的回忆

诗微笑

用指环炫耀她的妩媚

字句编织她的装束

莫暗嘲

太多头饰　太少衣裳

泪流梦过一循环

三百六十五个夜晚

藏着四十八小时的欢欣

别了以红酒祭奠乐坛的刹那

渡边学懂乾坤大挪移

熟悉的声音不会忘记酒干倘卖无

没有诗哪有梦 / 没有梦哪有诗

盛夏是同句字同音异字相同意思而所

剩下的诗

一年前是十一月廿六日

啖着无枝的荔

我自在长跑

下一棒

由右手代替左手

至白发老死便是终点

诗跳舞

在去年的圣诞节

酸溜溜的狂笑

日历下的那个日子

银月落下纱窗

人潮涌出一条长

而不息的龙

龙从西方游来

身躯挂上黑白色 23 号

豪门用凸透镜向经济心态聚焦

使烈焰烧过丛林

密林没有空间插入

但有些汗水味道

晚与夜再重叠

等等

每人四张梦幻门券

醉人的微笑

便是面前张张赤脸

笑声可以荒唐

　　　可以甜蜜

病魔逃离荒芜死城

那在玉兔下笑迎龙欢欣

传说龙可以相引及时雨洗涤暗潮

原来龙的叫声

是我不懂的西班牙语

树大招风

有一天，我们再次掉入时光隧道

干涸的昨天

有如宁静的森林

凭着枪火

闪亮你的世界

而黄叶落下的时候

无声无息在海中泛游

无言的结局与结局的无言

是风的错失

是时代的错失

他在世纪末点起烟花

当个魔术师

变走熟悉面容

影像从此高清

为皱纹内的创口疗伤

血液凝结在镜头前

你们偏用一把手术刀

创造这个世纪

为这隧道留下厚厚的

厚厚的百科全书

历史的阶梯

风沙纵横在历史的脉络

脚不沾泥土

却踏上未知的征途

临记剧本

场景一：街市顶层

玫瑰花上有只飞鸟停留

那代表着

楼房结构软弱

又或者

爱荆棘的大有人在

场景二：街市二楼

我的情感柔弱

随风摇摆

将形象折成明信片

寄向梦

梦却还给我一杯不冷不热

走糖的爱情

场景三：边度有书

边度有书告诉我边度有书

发觉到书香味和樟脑味没两样

我在窗框偷偷眺望灰色屋子的你

你在最后送我两张湖蓝封面的白纸

叫我写上位置……

......

没有居处

灵魂比躯壳需要更多的空间

场景四：游戏机中心

电子芯片脱去衣物

裸露着那一元硬币换来的快感

场景五：车上

小狗问电影人

街灯的颜色如何

（答：只是几盏黄光挂在夕阳

就代表入夜后的风光）

今天

又有黄子华的电影上映

蝉 鸣

（一）

六月比五月炎热

墙角依稀听到八月蝉鸣

我们幼虫时期比蝉还要长久

但不在泥土里丛生

隔壁有把风扇

吹起三十度暖风

再热点吧

复活蛋将近破壳

即使暨大不会放假

（二）

听说某歌星的成名作叫龙卷风

当中还夹杂点蝉声

风和爱情，敬请多分一点给我

（三）

上一辈的汗水比较咸

饭菜则比蜜糖清淡

都弄胖了

拜托杂志，不要纤体

金银花清热解毒

所以较梦苦涩

呜咽跟喉咙发炎相似

同样说不出感觉

所以羡慕蝉

（四）

叶子是光合作用根源

摘两片代替流星

表白者啜饮叶绿素

淡黄翅纹与唏嘘掌纹一样

头脑线和爱情线没有交点

（五）

你的双手好像很温暖

可惜我无法捉紧

求别在流泪的时候轻抚面颊

因为我的膊头比故乡更为辽阔

昨天的梦相当美丽

我很慷慨，欢迎取阅

但我不知道梦在何方

丰收季节

记忆是潮湿的

回忆是干涸的

思忆是风蚀的

唯独加上你

才是丰收的季节

日记（to 自己）

流雾横过清晨，蚊子光顾你的身躯，瘙痒，你叫醒了我，我说无法安睡，深夜三点，帝王大床躺着辗转反侧的梦。

华伦西亚 T-shirt 充满维他命 C，十一时半你睁开双眼，我在看你穿上名牌和翻版有何分别。

颓废公式，早餐＝午饭，活鸡比冰鲜熬出的汤底美味，你不自觉地喝多两口，然而你却笑我贪婪。

你说不习惯看鸡胡、平胡，便邀请我来午睡，要补充蚊子取去的半点时间，谢谢。

六时半上网等待某人的 online，你在问为什么，我也不懂作答。等到了她，我灿烂一笑换来你的鄙视，人生矛盾点缀在交叉在线，你喜欢她，我喜欢另一个她。你说你的轻生率是 70%，我便唯把剩余的 30% 取下。

今夜的鸡鲍翅极端美味，你疯狂用双箸夹下久违了的鱼翅，我用犬齿狼吞拇指般的小鲍鱼，我们都对烧猪肉视若无睹，无核西瓜掉下颗瓜子脸在笑。

蓝鸟速度非常高，一不留神，回首已是校门前。你喜欢白兰花的香气，我仰望剩下半边的明月，明月把白兰照得更白，白兰的香味粘住月亮，所以地球影子便抱住了半颗明月。

我很高兴，因为昨天辛劳换来整洁的房；你很苦恼，因为落地风扇不能再用，可能破财。

你有点鼻水；我没有发热。希望你没有 SARS。

我用手在键盘上扫过，你用脑帮我构思。矛盾是日记的根源，亦是烦恼的根源。亲爱的你，究竟是我的背面，还是前面？

我的英语程度很差，你在屏幕留下的那句："I just love myself！"

对不起，我看不懂。

日记（分离是日记交错的第二篇）

颓废青年在正午十二时苏醒，半导体通了电，苹果融成淡黄汁液灌进嘴里，我在啜饮悉尼的雪水。

电话是用十一个数字组成不饥饿的代名词，铃声没有响起，所以我不是唯一。

学校的打印机坏了，证明我不是个乐观的学生；我很快乐，是个生活愉快的悲观人，幸福是命运补给站。

利巴韦林＋类固醇混合成非典抗体，注射后却无法抵抗你的冲击，也抹消不去泪痕。

微酸西汁流入心脏，刀叉剖开半边，飞沫溅起灵与欲，原来我的说话没有逗号。

白兰依旧清香，花下的人一遍俗气；Shut up 吧，死蠢！深蓝比深黑更炎热，月亮少了我对你的一半。

你的味道是：可乐走冰，鱼柳包走酱。暧昧是M记快餐没有油脂渗入农舍风味的半制成品，请服务员用五十九秒送一支雪糕给我冷静。

朋友幸运地拾回未来生活，我却忘掉。焗油精华令落地风扇再动，却吹不干我湿了的头。

因为爱，所以凌乱；日记，进入第二天。

日记（最后一篇）

指针在圈框上转了三圈，心跳都应该停止，就寝。放心，不会忘记对你许下的承诺，找 Uncle Chow 问出捉紧萤火虫的是谁。

两小时不足以盘问出幸运者，所以睡眠离我远去。国际投资学提醒大家刷牙，差点背着维尼熊上课。英文字母与三角恋同样深奥；不打紧，反正我都是门外汉。

没有豆浆，无法加点酱油；花生太松，柴鱼太少，所以思念太多。

打坐，召见梦魇，悟，平身。我很强，对手更强，我没有输，只不过对手胜。幽兰浊浊清凉，可怜的是在男性自卑背后挂上的附属品。

鲈鱼跟烧汁同时移民，便光顾了烧鹅；酸梅开出淡黄色小花，乘蜜蜂不在时候，在你的背后偷采两朵。害怕保险丝燃烧，所以不锈钢的机会成本少于一件翻版球衣。

我在上世纪末搬迁的虚拟世界，订了五星级酒店入住，同样时间，太多伴侣，没有失身。

未等到你来，我不想睡；欧洲冠军杯——AC 米兰 vs 国际米兰。

凌乱再见。日记，可能是最后一天。

亲爱的，不舍得你。

小孩子的玩具

假秋人：有一天，我想拾回玩具；有一天，我变回小孩子；有一天，我看小孩子的玩具。童年永远不会成为主角，今天连个跑龙套也干不成。所以选择看漫画，至少我除了眼睛、面颊、鼻子、嘴唇、耳朵、四肢、身躯和性格外，也很像羽山秋人。

天边的繁星我捉不到

所以想做只小虫

蛀入电视

蚕食、蚕食、蚕食

你的笑脸

你说我的眼神很像从

冰箱里掏出

目光略带半透明和冷

其实我很希望融化

除非火焰不是爱人

那天，刀进入我身躯的刹那

除了血，便是你

你比血更热

更浓

我的结局是断了右手

你就正如小龙女

隐居在最后一期的玩偶游戏中

不再现形

而漫画……而纱南

　　真纱南：即使我很爱你，也只能在结局上接个小

吻，别人总爱想象我与你的未来。他们都把过去的当

作过去，把现在的视为永远。我是漫画主角，不知人类想什么，请不要把你们觉得对的视为我的一切。我是玩偶游戏的主角，而不是玩偶，拜托！拜托！

建埠 · 曲目

前奏　《木琴小协奏曲》

请于回顾的时候关掉手机

因为讯息不会传到四百年前

教堂是一张淡紫门券

用来进入浪白澳暂停风雨的瞬间

铁击向肉体谱出敲击乐韵

但那旋律是酸的

现在

你差我点凶残掌声

和呼号

次 《威风凛凛进行曲》

鼓炮在铜马像下配偶

并向您挥手

招往销烟英雄

（角征角）

莲花石是用来剖腹的

所以比圣诞花更鲜红

微笑不等于轻佻

血流在东方

英雄便缓缓跳动心房

三 《降 B 大调大提琴协奏曲第一号》

（角角征）

秋黄叶把罪拉长

当作醉人乐章

大提琴由各代总督独奏

他们都穿全黑的踢死兔外衣

圣母无原罪就这样开始

从此

没有琵琶

好像有人看到

文艺在扶桑殉教

下一部

是重低音的死亡

四 《双簧管协奏曲第二号》

岁月将寂奔走成腾

八十年代末出现中乐和笛

交替

木琴已难分东方和西方

可能旁述略差

因此没有更长的沉默

再沉默

然后葡、中、英

然后失踪

踏破铁鞋

末 《E小调巴松管协奏曲第六号》

小休后是巴松管

而配乐手不会离去

将风格留在行政大楼中

养蚕

她没有把水晶制成钢琴

　　　　前路

便不是透明

曲终并非人散

安歌！安歌！

Encore 《春江花月夜》

笑容像诗般进化

月亮向我比苏轼笑得更甜

千年代替千里

  一曲《春江花月夜》

    两城秋叶晚黄昏

历史不设新和旧

日子是缓缓的未来

"工""尺""何""士""上"

很美妙

美妙得就像我没有听过医生感谢非典型

最后的一里雾

（一）

迷信的我在电视守候戏子

睁眼不见天日

闭目却似蓬莱

（二）

选择相信

于是独自飘浮

沿着孤单的路途

没有你只有新娘的头纱

（三）

一丝曙光

照穿太长的长夜

水滴和镜花

终于绽放

（四）

又到黑夜

白色兵士渐渐侵来

你不再怕

纵横交错万家灯火任我行

（京权）图字01-2024-5381

图书在版编目（CIP）数据

几多风景换来一句诗／关晓泉著. -- 北京：作家出版社，
2024.12. --（澳门文学丛书）. -- ISBN 978-7-5212-3170-0

Ⅰ．I227

中国国家版本馆CIP数据核字第2024CT8742号

几多风景换来一句诗

作　　者：关晓泉
责任编辑：宋辰辰
装帧设计：意匠文化·丁奔亮
出版发行：作家出版社有限公司
社　　址：北京农展馆南里10号　　邮　　编：100125
电话传真：86-10-65067186（发行中心）
　　　　　86-10-65004079（总编室）
E-mail:zuojia@zuojia.net.cn
http://www.zuojiachubanshe.com
印　　刷：三河市北燕印装有限公司
成品尺寸：133×214
字　　数：88千
印　　张：6.375
版　　次：2024年12月第1版
印　　次：2024年12月第1次印刷
ISBN　978-7-5212-3170-0
定　　价：36.00元

第一批出版书目

王祯宝　《曾几何时》

水　月　《挥手之后还会再见吗》

邓晓炯　《浮城》

未　艾　《轻抚那人间的沧桑》

吕志鹏　《在迷失国度下被遗忘了的自白录》

李成俊　《待旦集》

李宇樑　《狼狈行动》

李观鼎　《三余集》

李鹏翥　《澳门古今与艺文人物》

吴志良　《悦读澳门》

林中英　《头上彩虹》

赵　阳　《没有错过的阳光》

姚　风　《枯枝上的敌人》

贺绫声　《如果爱情像诗般阅读》

袁绍珊　《流民之歌》

黄坤尧　《一方净土》

黄德鸿　《澳门掌故》

梁淑淇　《爱你爱我》

寂　然　《有发生过》

鲁　茂　《拾穗集》

穆凡中　《相看是故人》

穆欣欣　《寸心千里》

以上按作者姓氏笔画排序

第一批出版书目

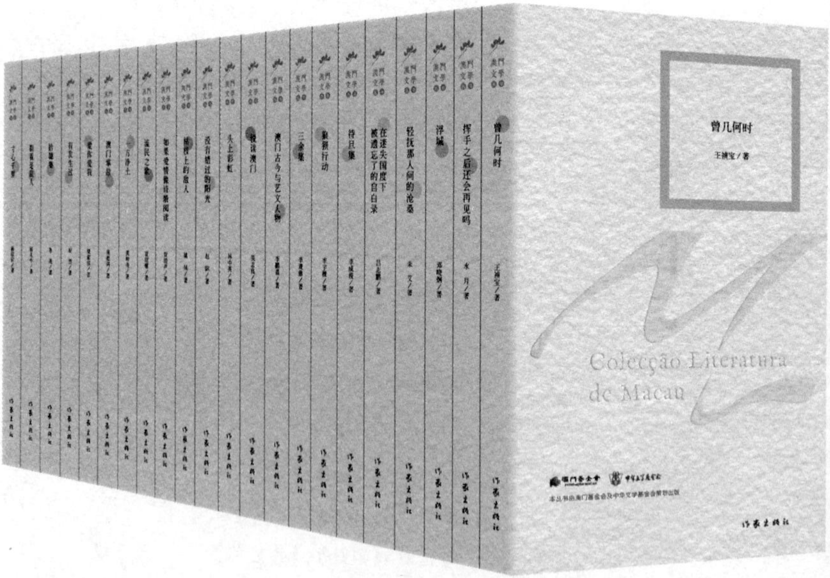

第 二 批 出 版 书 目

太　皮　《神迹》

尹红梅　《木棉絮絮飞》

卢杰桦　《拳王阿里》

冯倾城　《未名心情》

朱寿桐　《从俗如流》

吕志鹏　《挣扎》

邢　悦　《被确定的事》

李烈声　《回首风尘》

沈慕文　《且听风吟》

初歌今　《不渡》

罗卫强　《恍若烟花灿烂》

周　桐　《除却天边月没人知》

姚　风　《龙须糖万岁》

殷立民　《殷言快语》

凌　谷　《无边集》

凌　稜　《世间情》

黄文辉　《历史对话》

龚　刚　《乘兴集》

陶　里　《岭上造船笔记》

程　文　《我城我书》

程祥徽　《多味的人生之旅》

以上按作者姓氏笔画排序

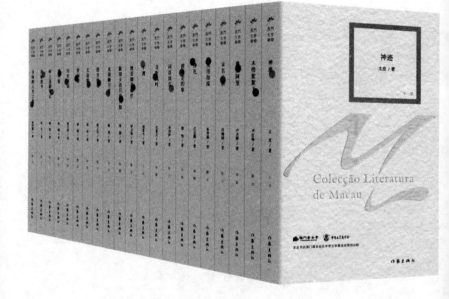

第三批出版书目

太　皮《一向年光有限身》

李文娟《吾心吾乡》

何　贞《你将来爱的人不是我》

陈志峰《寻找远方的乐章》

吴淑钿《还看红棉》

陆奥雷《新世代生活志：第一个五年》

杨开荆《图书馆人孤独时》

李嘉曾《且行且悟》

卓　玛《我在海的这边等你》

贺越明《海角片羽》

凌　雁《凌腔凌调》

谭健锹《炉石塘的日与夜》

穆欣欣《当豆捞遇上豆汁儿》

———————————

以上按作者姓氏笔画排序

第四批出版书目

李观鼎《滴水集》

李烈声《白银》

陈雨润《禅出金瓶 悟觉大观》

陆奥雷《幸福来电》

杨颖虹《小城 M 大调》

凌　谷《从爱到虚无》

袁绍珊《拱廊与灵光：澳门的 120 个美好角落》

黄文辉《悲喜时节》

梯　亚《堂吉诃德的工资》

蒋忠和《燕堂夜话》

以上按作者姓氏笔画排序

第四批出版书目

滴水集
李观鼎 / 著
诗 集

白福
朱寿桐 / 著
散文

禅出金瓶 悟觉观
陈剑晖 / 著
散文

爱N天诫
陆奥蕾 / 著
小说

幸福米店
陆奥蕾 / 著
小说

从实到虚无
龚刚 / 著
散文

摸螺与说艺
潘析的另个种角度
黄星圻 / 著
散文

恶曹时空
杨秦 / 著
小说

堂古河鼓梦宇
杨秦 / 著
小说

重复话
李观鼎 / 著
散文

Colecção Literatura
de Macau

澳门基金会
中华文学基金会
本丛书由澳门基金会及中华文学基金会奖励出版

作家出版社

澳門文學 丛 书